THE LONG AND WINDING ROAD

SCÉNARIO : HERLÉ   DESSINS : WIDENLOCHER
LES TRIBULATIONS APEUPRÉHISTORIQUES DE NABUCHODINOSAURE

Conception graphique - couverture et page de garde : BORDES
Couleurs : CHAGNAUD

RAMDAM SUR LE RIFT

MOUCHE SAVANTE

LE GLUANT

GROSSE FATIGUE

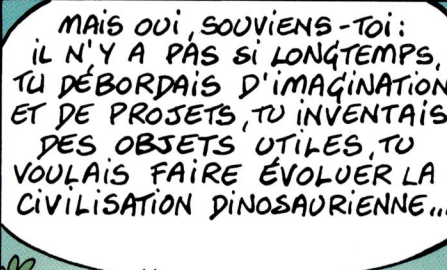

VOLCANOLOGIE

MÉTAMORPHOSE

LE MOULAGE

LE DÉTAIL ET L'ENSEMBLE

TIENS... UN ŒUF DE POULE... ON AURA BIENTÔT DES POUSSINS, DANS LE COIN!

ÇA?... C'EST PAS UN ŒUF DE POULE, MAIS UN ŒUF DE BRONTOSAURE GÉANT!

QUOI??

C'EST ÇA, PRENDS-MOI POUR UN IMBÉCILE! CE TRUC MINUSCULE UN ŒUF DE BRONTOSAURE GÉANT... HA HA, JE RIGOLE!!

EH BIEN TU AS TORT!...

...CAR SACHANT QUE LA CONSIDÉRATION DES CHOSES DANS LE DÉTAIL, ET NON DANS LEUR ENSEMBLE, EST SOUVENT UNE SOURCE D'ERREURS D'APPRÉCIATION, TU AURAIS DÛ POUSSER PLUS LOIN TES INVESTIGATIONS...

...ET LÀ, TU AURAIS DÉCOUVERT L'ŒUF DANS L'ÉVIDENCE DE SA PLEINE ET ENTIÈRE TOTALITÉ. QUE DIS-TU DE ÇA?

BEN... QUE JE PLAINS LA MÈRE AU MOMENT DE LA PONTE!!

LE BAL DES PRÉTENDANTS

TOMBE LA NEIGE

LES LENTILLES

LE FRANQUINOPHONE

COIFFURE POUR DAMES

LA LIGNE

LA CHAÎNE

LE PRINCIPE DU MOINDRE EFFORT

MACHINATION

LE PETIT COMMERCE

APPARITIONS

LE DUEL

LE RÈGLEMENT

APPRIVOISEMENT

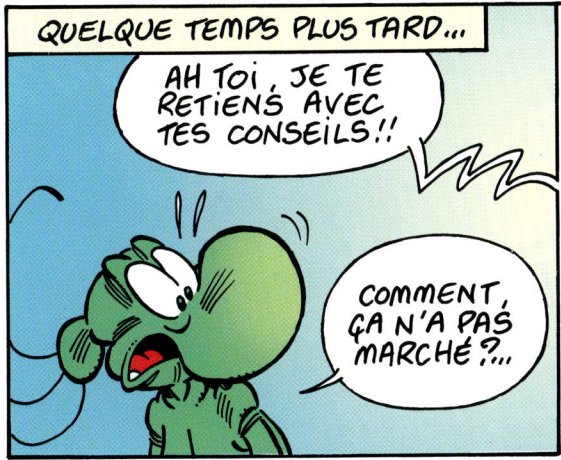

LE ROI DES RICOCHETS

IMMORTALISATION

COASSEMENTS

LE COUPLE SUR LA PISTE

UN RÉVEIL DIFFICILE

S.O.S. CHAUFFAGE

LE COLLIER

UNE BONNE IDÉE

PETRA OVOÏDA

L'ORAGE

ART BRUT

ART BRUT II

LE SIFFLET

MÉTÉORISME

SÉQUELLES PICTURALES

SIMULATION

UN JEU COUILLON

www.dargaud.com

© **DARGAUD (Suisse) S.A. 1999**
Tous droits de traduction, de reproduction et d'adaptation strictement réservés pour tous pays
« Loi n°49-956 du 16 juillet 1949 sur les publications destinées à la jeunesse ».
Dépôt légal : septembre 2002 · ISBN : 2.882.57061.9
Printed in France by *Partenaires-Livres®* / J.L